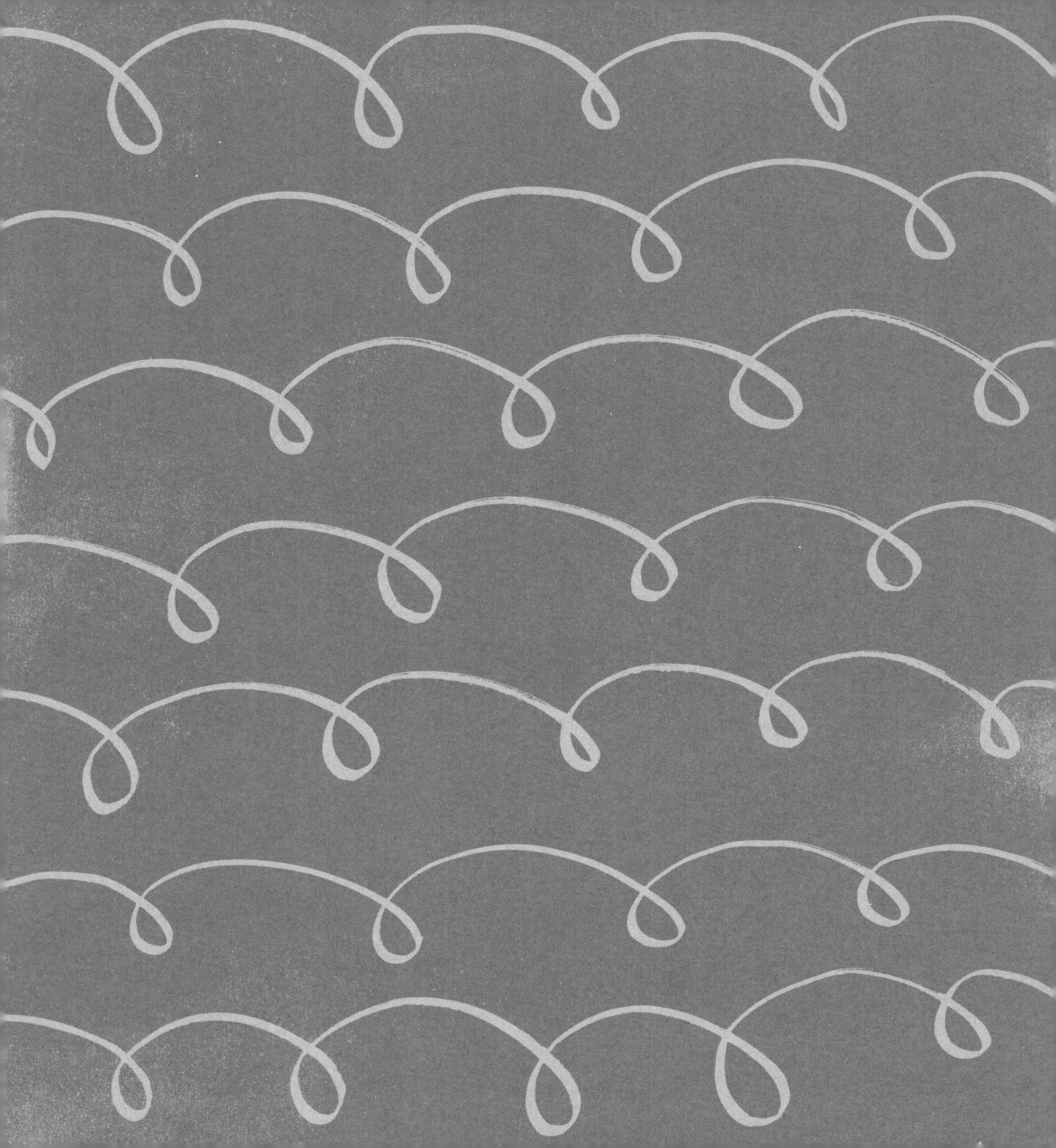

I wrote
a book about
you
어바웃 유
: 내가 직접 쓴 당신의 이야기

사랑하는 ________ 에게

이 책은 당신을 위해 썼어요. 당신이 그 누구도 아닌,
바로 당신이라서 제가 이 책을 쓸 수 있었어요.
당신을 생각하면, 저는 하고 싶은 말이 밤하늘의 별처럼
쏟아져 내려요. 당신이 얼마나 근사한 사람인지,
누구와도 비교할 수 없을 만큼 얼마나 반짝이는 사람인지....

그거 알아요? 제가 써서 하는 말이 아니라,
이 책 꽤 괜찮아요. 온통 당신을 담은, 온전히 당신에 관한
이야기라서, 그 이야기의 주인공이 바로 당신이라서.
그럼, 당신만을 위한 제 이야기 한번 읽어볼래요?

마음을 담아, ________ 드림

이건
그냥 하는 말이
아니라 오래 생각하고
하는 말이에요. 그러니까
꼭 알아줬으면
좋겠어요.

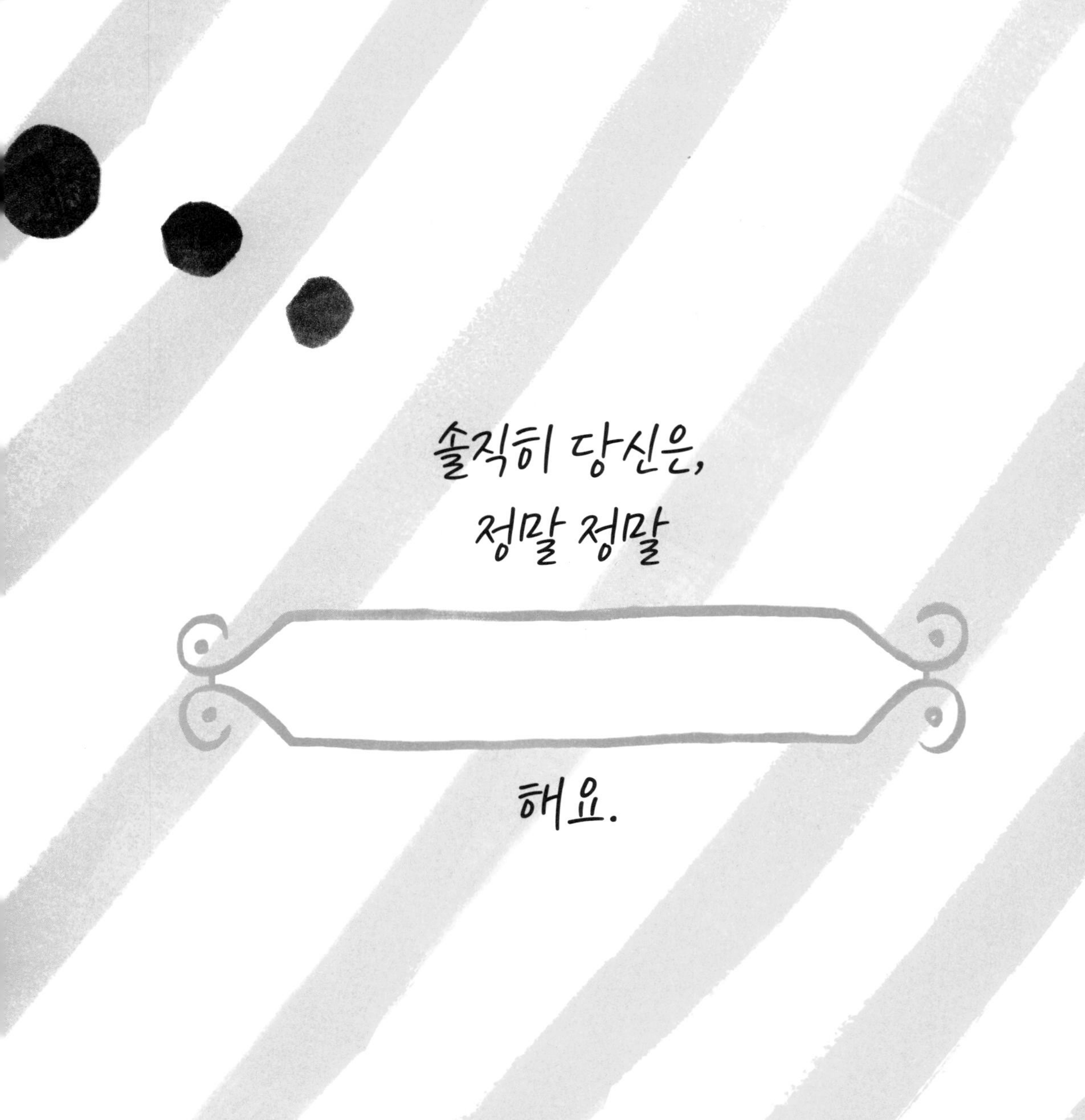
솔직히 당신은,
정말 정말
해요.

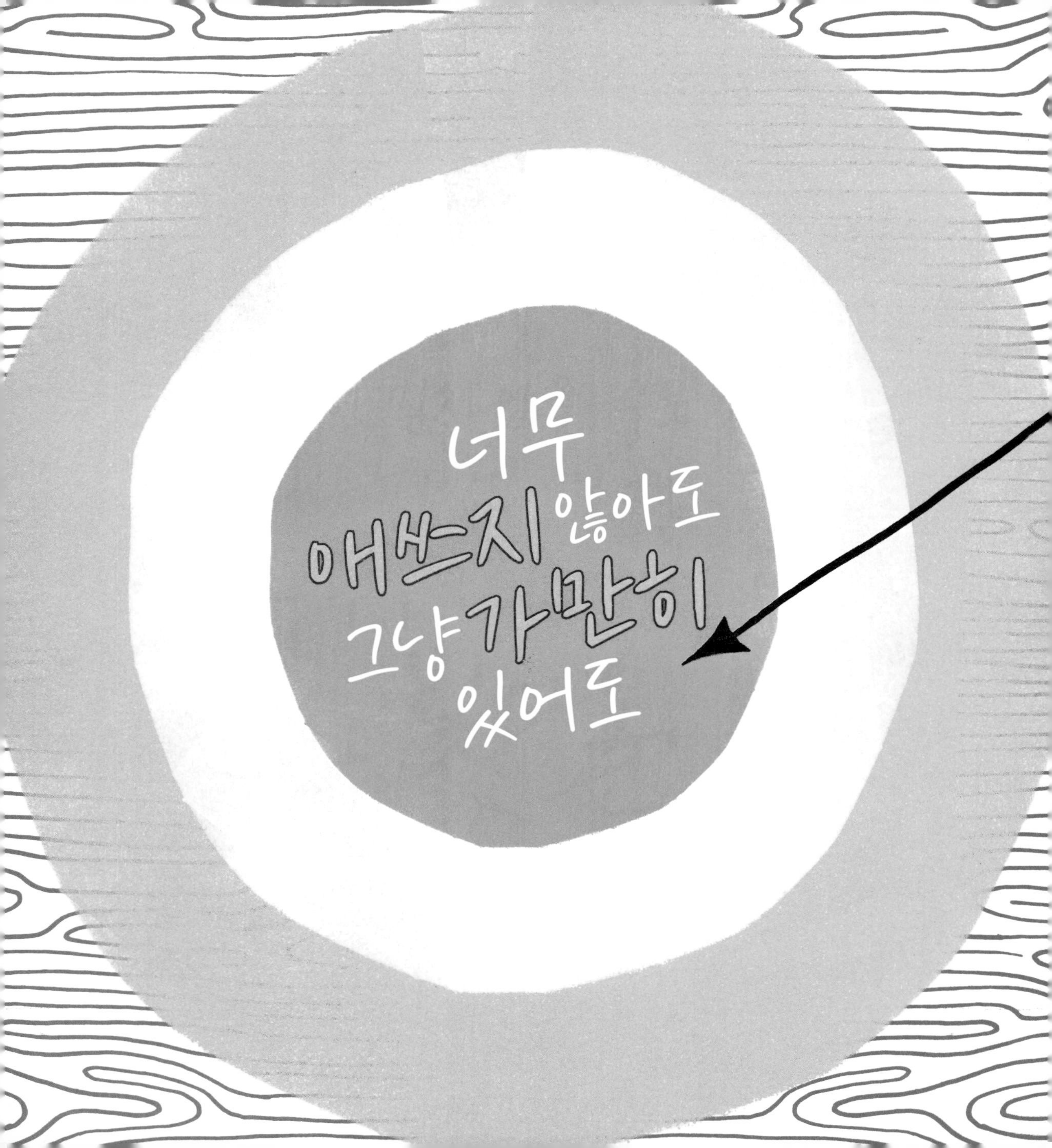
너무
애쓰지 않아도
그냥 가만히
있어도

당신은 충분히 괜찮은 사람이에요.
당신의 이런 모습이 참 좋답니다.

맞아요. 솔직히 그래요.
당신이 슈퍼히어로처럼
막강한 힘을 지닌 건 아니죠. 하지만

당신의 이 능력만큼은

슈퍼히어로보다

훨씬 대단해요.

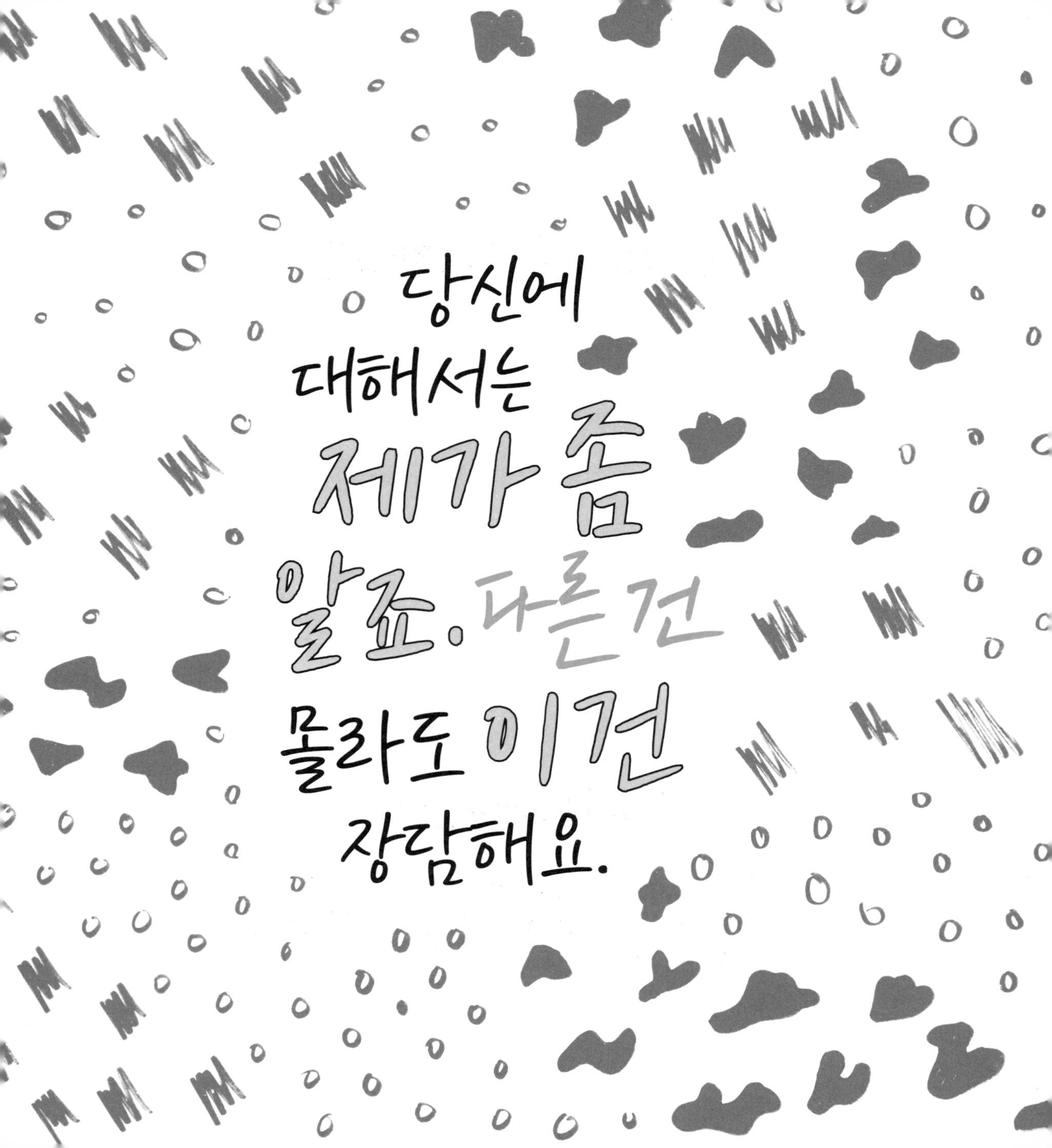
당신에
대해서는
제가 좀
알죠. 다른 건
몰라도 이건
장담해요.

당신이 동물이라면,

바로 ____________________ 일 거예요.

당신이 물감이라면,

____________________ 색일 거예요.

당신이 과일이라면,

바로 ____________________ 일 거예요.

당신이 만화 속 캐릭터라면,

분명 ____________________ 일 거예요.

당신을 좋아하는
이유는 너무
많지만, 하나만
꼽으라고 한다면,

나는 당신의
이런 점이 좋아요.

당신과 함께라서
제 삶은 아주 특별해졌어요.
특히 당신의

이런 모습을

볼 수 있다는 건
제겐 행운이에요.

당신을 전혀 모르는
사람에게 당신을
소개한다면 전
이렇게 말할 거예요.

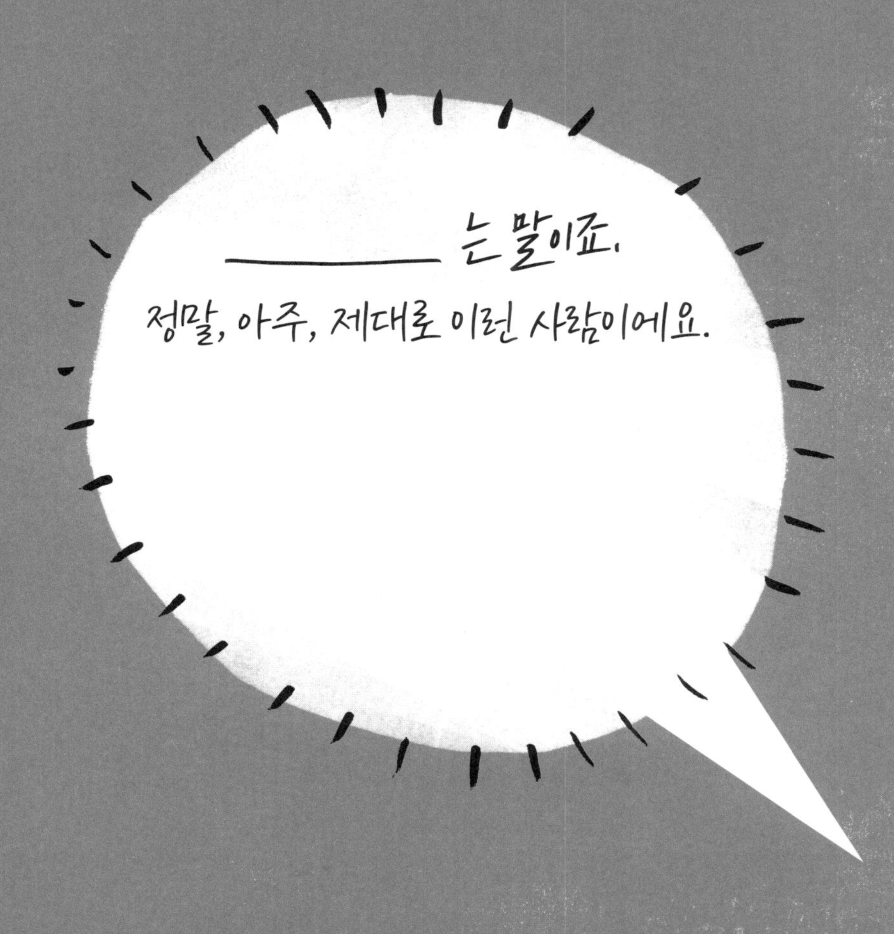
__________ 는 말이죠.
정말, 아주, 제대로 이런 사람이에요.

제 꿈에서
우리는 함께
휴가를 떠나요.
이런 풍경이
펼쳐지죠.

나는 당신이 좋아할 만한 간식 ________ 랑,

________ 을 잔뜩 챙길 거예요.

그리고 우리는 ________ 로 향해요.

그곳에서 우리는 ________ 에 머물 거예요.

우리 눈앞에는 ________ 가 펼쳐져 있죠.

그리고 당신과 나는 함께 ________ 와

________ , ________ 를 하면서

아주 근사한 시간을 보내는 거예요.

우리가 함께인 지금,

영원히

이대로였으면

하는 게 있어요.

우리가 함께할 미래,
어서 빨리
이뤄졌으면, 하고
간절히 바라는 게 있어요.

★ ★ ★

당신이 믿지 않을 수도 있지만

당신은 이럴 때,

그 누구보다 눈부시게

빛나요.

★ ★ ★

당신이 가장

반짝이는 순간은

그날을 떠올리면

나는 자꾸만

입꼬리가

올라가요.

날 자꾸 웃음 짓게 하는
그 일이 뭐냐면요?

당신을 위한 샌드위치를 만든다면

이건 꼭 넣고 싶어요.

이런 문구를 넣은 티셔츠를 함께 입는 건 어때요?

당신을 위한 노래를 한다면 이 노래를 부를 거예요.

(근데 꼭 혼자 들어야 해요.)

그리고
당신에게 드리는
트로피에는
이렇게
새길 거예요.

당신에겐
아주 많이
고마워하고 있어요.
해줘서 고마워요.

(진심으로, 고마워요.)

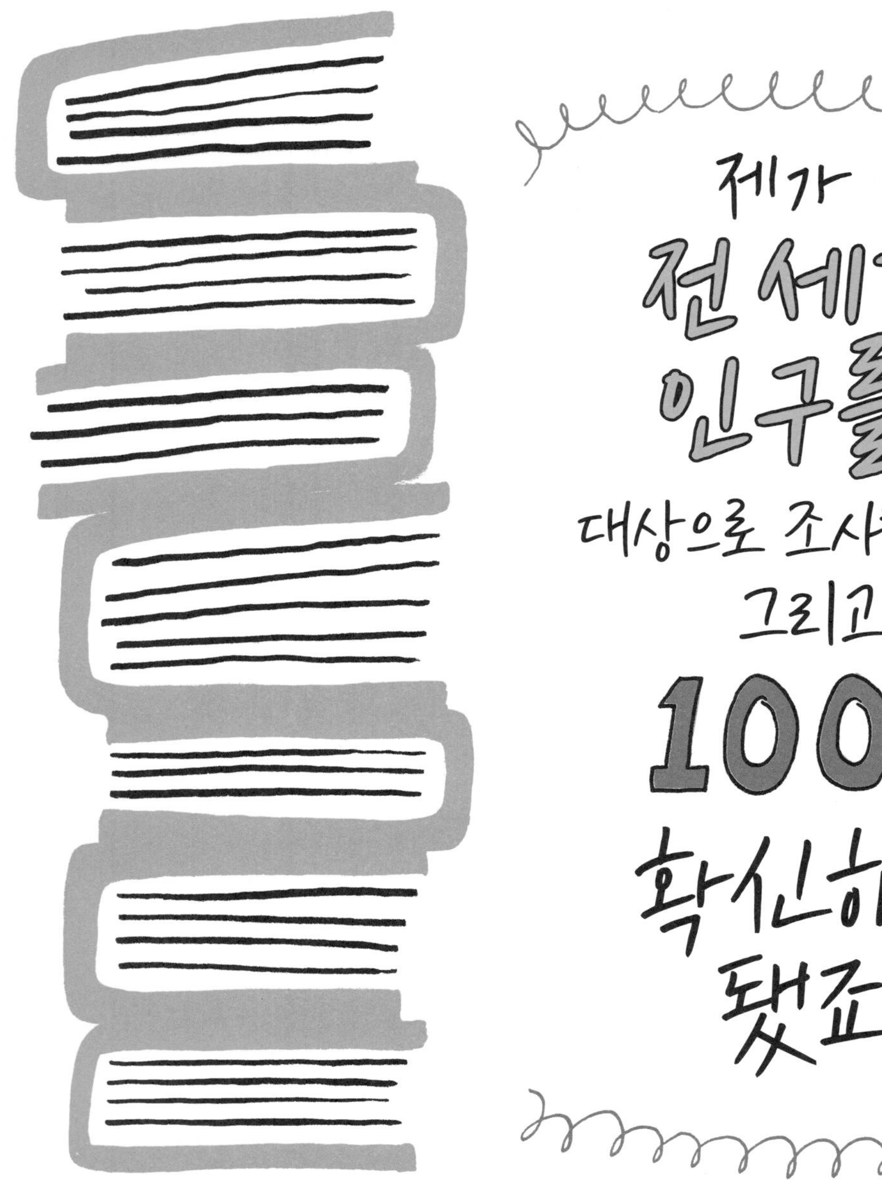

제가
전세계
인구를
대상으로 조사했어요.
그리고
100%
확신하게
됐죠.

당신은
세상에서 가장

사람입니다.

이건 우연히 알게 되었지만
다른 사람들한테는
비밀로 할게요. 당신은

= 이 세 가지만 있으면 =

행복해해요. 당신에게
세상을 살아갈 힘과 용기를 주죠.

1

2 3

혹시
알고 있나요?

제가 아는 한 이걸 할 줄 아는 사람은 당신뿐이에요.

이걸 당신처럼 좋아하는 사람은 한 번도 못 본 것 같아요.

이런 걸 해도 사랑스러운 사람도 오직 당신뿐이죠.

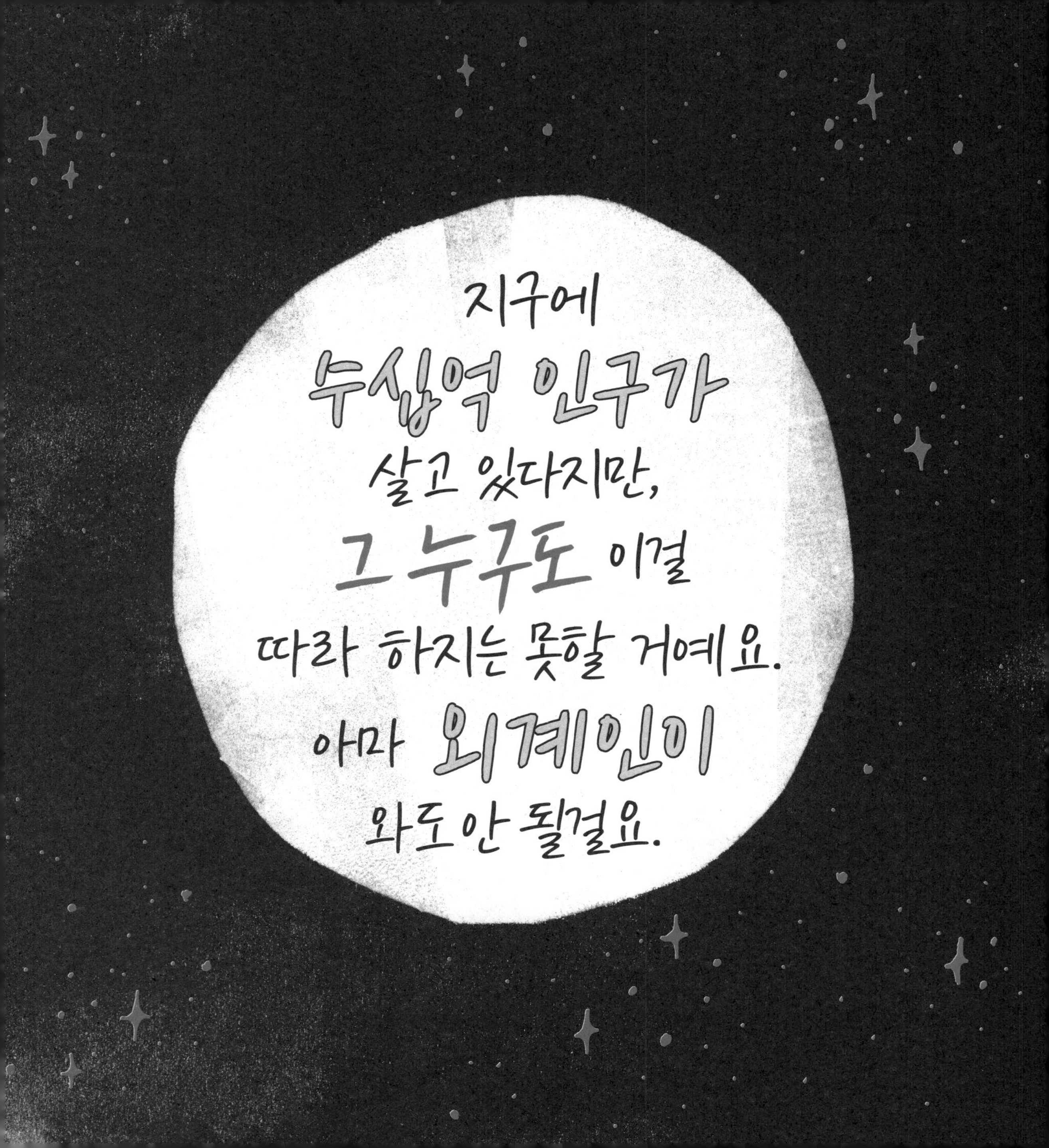

지구에
수십억 인구가
살고 있다지만,
그 누구도 이걸
따라 하지는 못할 거예요.
아마 외계인이
와도 안 될걸요.

바로 당신의
이런 모습이요.

당신을 한번이라도
만난 적이 있다면,
금세 눈치를 챌 테죠.
모를 수가 없어요.

당신에게
아주 특별한 점이 있거든요.

나도 정말 대책 없는
사람인가 봐요.
콩깍지가
단단히 씐
거겠죠?

당신의 이런 모습조차
귀여워 보이다니!

만약
타임머신을 타고
시간 여행을
할 수 있다면, 꼭 한번
가보고 싶은 순간이 있어요.
잊을 수 없는 우리
최고의 날.

그날 :

그 장소 :

그리고 그 순간 :

나는 알아요,

내가 사람 보는 눈이 좀 있거든요.

당신이 아직 시도해본 적은 없지만

이건 아마 당신이
세계 최강자가
될 거예요.

=WORLD-CLASS=

나한테
초능력이 생겨서
세상을 내 마음대로
바꿀 수 있다면
이렇게 할래요.

당신의 이런 시간은
확 늘리고

당신에게서 이런 시간은
훅 덜어낼 거예요.

당신은 매일, 매 순간,
당신만의 방법으로 세상을 더
아름다운 곳으로 만들죠.
그 중 한 가지를 꼽아야
한다면 이렇게 말할래요.

당신이 세상에 주는 선물은

어떤 말로도
표현할 수가 없어요.
당신이 내 인생에
등장해줘서 내가 얼마나 행복한지…
마치 꿈만 같아서
믿기지 않을 때가 있어요.
가슴이 저릿할 정도로
벅차오르죠.

그날도 그랬어요.

우리는 여기에 있었어요. :

그리고 이런 일이 생겼죠. :

그때, 나는 당신을 보고 생각했어요. :

당신이 내 삶에
들어온 후, 나는
많이 달라졌어요.
지금의 나는
당신을 만나기 전과
비교할 수도 없을 만큼

훨씬 더 이래요. :

조금 덜 이렇고요. :

전반적으로 이런 사람이 되었죠. :

수만 번 말해도
부족하겠죠. 하지만 당신이
이거 하나만은
언제나, 언제나
기억해줬으면 해요.

실제로 쓴 사람은

어바웃 유

초판 1쇄 발행 2023년 8월 1일

지은이 M.H.클라크

펴낸이 정덕식, 김재현
펴낸곳 (주)센시오

출판등록 2009년 10월 14일 제300-2009-126호
주소 서울특별시 마포구 성암로 189, 1711호
전화 02-734-0981
팩스 02-333-0081
메일 sensio@sensiobook.com

삽화 저스틴 엣지
디자인 Design IF

ISBN 979-11-6657-112-1 03840

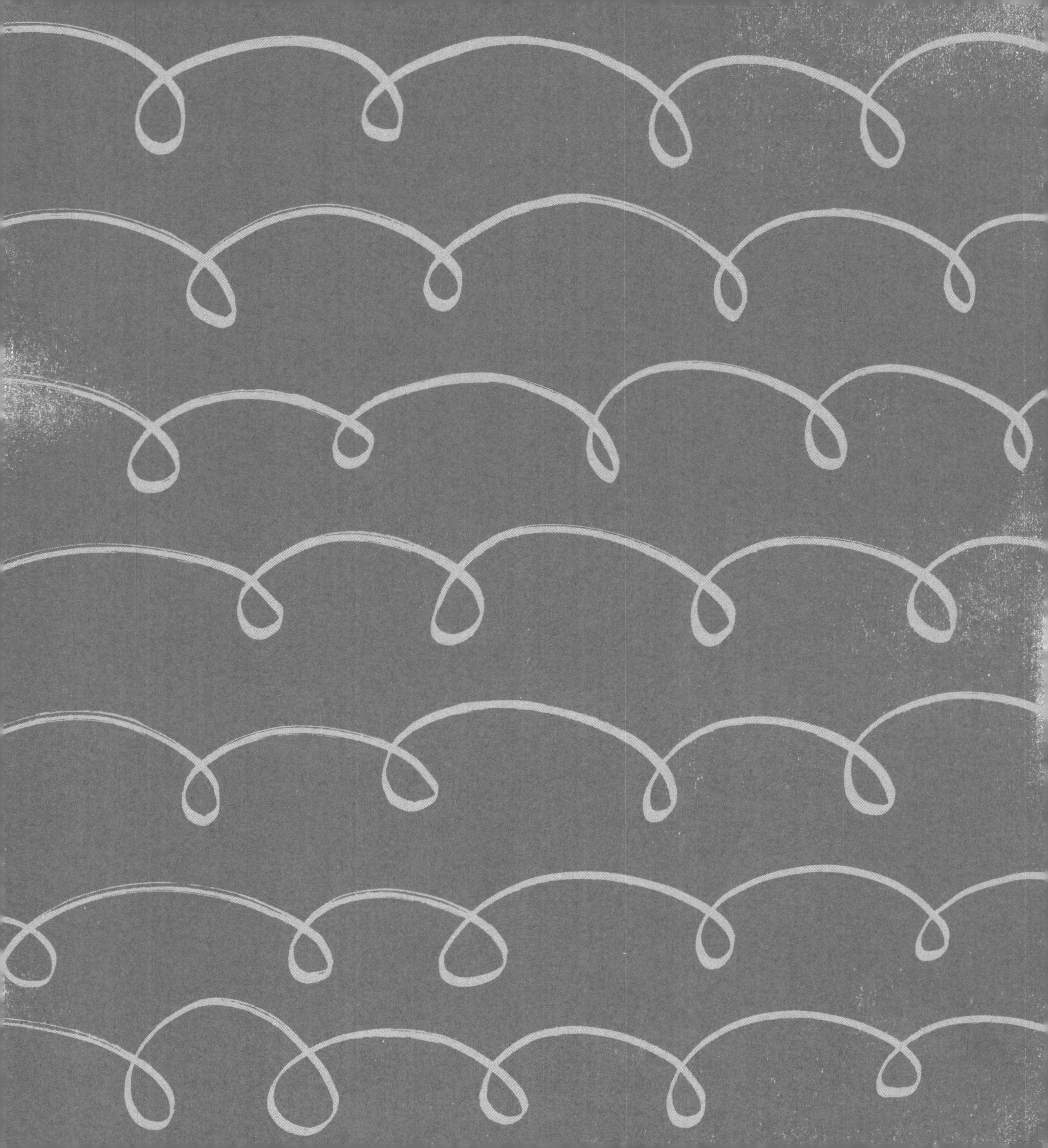